初學翻譯入門書

英漢翻譯習作

胡淑娟 著

出版心語

　　近年來，全球數位出版蓄勢待發，美國從事數位出版的業者超過百家，亞洲數位出版的新勢力也正在起飛，諸如日本、中國大陸都方興未艾，而臺灣卻被視為數位出版的處女地，有極大的開發拓展空間。植基於此，本組自民國93年9月起，即醞釀規劃以數位出版模式，協助本校專任教師致力於學術出版，以激勵本校研究風氣，提昇教學品質及學術水準。

　　在規劃初期，調查得知秀威資訊科技股份有限公司是採行數位印刷模式並做數位少量隨需出版〔POD＝Print on Demand〕（含編印銷售發行）的科技公司，亦為中華民國政府出版品正式授權的POD數位處理中心，尤其該公司可提供「免費學術出版」形式，相當符合本組推展數位出版的立意。隨即與秀威公司密集接洽，雙方就數位出版服務要點、數位出版申請作業流程、出版發行合約書以及出版合作備忘錄等相關事宜逐一審慎研擬，歷時9個月，至民國94年6月始告順利簽核公布。

　　執行迄今，承蒙本校謝董事長孟雄、陳校長振貴、黃教務長博怡、藍教授秀璋以及秀威公司宋總經理政坤等多位長官給予本組全力的支持與指導，本校諸多教師亦身體力行，主動提供學術專著委由本組協助數位出版，數量逾50本，在此一併致上最誠摯的謝意。諸般溫馨滿溢，將是挹注本組持續推展數位出版的最大動力。

　　本出版團隊由葉立誠組長、王雯珊老師、賴怡勳老師三人為組合，以極其有限的人力，充分發揮高效能的團隊精神，合作無間，各司統籌策劃、協商研擬、視覺設計等職掌，在精益求精的前提下，至望弘揚本校實踐大學的校譽，具體落實出版機能。

實踐大學教務處出版組　謹識

2014年1月

自　序

　　在大學教授翻譯課程已超過十年，最大的感觸莫過於初學者對翻譯有諸多迷思與誤解。其主要原因就在於學習英文的過程中過度依賴中文，一味機械性地將英文單字或是英文句子進行一一對應。再加上國高中英文課的所謂「中翻英練習」，充其量只是為了學好英文，卻製造了許多生硬牽強、可讀性極差的譯文。舉例來說，為了避免遺漏英文句子中的冠詞或代名詞，*A little boy put his hand into his pocket* 的中文翻譯就必須是逐字逐詞的「一個小男孩把他的手放入了他的口袋」，*If you work hard, you will be a good teacher* 則是「如果你肯努力，你將是一位好老師」。但是我們平日的中文表達根本不用冠詞也不用代名詞。其實「小男孩把手放入了口袋」，「只要肯努力，就可以成為好老師」就是流暢的譯文。因此，如何打破學生對翻譯的迷思，戒除學生逐字逐詞機械對應的惡習，便成了翻譯教學上的主要目標。

　　本書透過中英文兩種語言的對比，重點揭示中英文表達方式的基本差異，同時提供翻譯練習題及題後講解來說明問題所在，讓學習者能掌握基本的翻譯技巧。

　　本書內容係以平日上課的講義為基礎，編寫完成。編列的練習題不多，但求解釋清楚。其中部分練習題參考了已出版的翻譯書刊，謹此聲明，不敢掠美。

　　囿於完成時間有限，一己能力不足，疏漏不周之處，尚祈方家不吝指正，以為改進之參考。

胡淑娟　謹誌於
實踐大學應用外語學系
2013年10月31日

目 次

Unit 1

翻譯概述
An Overview

翻譯的定義

　　維基百科上對翻譯的定義是：在準確通順的基礎上，把一種語言信息轉變成另一種語言信息的活動。但信息轉換的過程決不是把原文的一字一句硬搬遷過來。Translation is not simply a matter of seeking other words with similar meaning, but of finding appropriate ways of saying things in another language. Translating is always meaning-based, i.e. it is the transfer of meaning instead of form from the source language to the target language (Wolfram Wilss, *The Science of Translation: Problems & Methods*). 德國譯學教授 Wolfram Wilss 的這段話正說明了翻譯不只是在另一種語言（目的語 target language）中找尋和原語言（來源語 source language）意義相似的其他語詞，而是運用「目的語」中最適當的形式來表達「來源語」的語義內容。

翻譯的標準

　　忠實（faithfulness）──忠實表達原文語意。

　　流暢（expressiveness）──譯文語言通順易懂、符合目的語的規範和表達習慣。

英漢對比與翻譯

翻譯的本質是不同思維形式的轉換，而思維方式決定了語言的表達形式。要進行英漢互譯，必須要掌握英漢兩種語言的差異。

形合和意合

語言學界和翻譯界普遍認同「形合」（hypotaxis）和「意合」（parataxis）是英漢語言之間最重要的區別特徵。英語以形制意，強調結構的完整性和形態的嚴謹性，注重的是顯性連接（overt cohesion）。漢語以意馭形，強調內容主次性和表意的完整性，注重的是隱性連貫（covert coherence）。

> ➤ 英語的形合手段多種多樣，主要是使用連接詞、關係代名詞和關係副詞。此外還使用分詞、動名詞、介詞短語和不定式等。
> ➤ 漢語重意合，句中各成分之間或句子之間的結合多依靠語義的貫通、語境的映襯，而少用連接語，所以句法結構簡約，形式短小。

形合和意合既是英漢語言的基本區別，翻譯時必須要掌握英漢語言的「形」、「意」差異，才能讓譯文符合目的語（target language）的表達習慣，自然流暢。試比較下面英文例句的兩句中文譯文：

Everybody can be great because anybody can serve.
1. 人因奉獻而偉大。
2. 因為每個人都具有為他人服務的能力，所以每個人都能成為偉大的人。

英譯中時，如果一味拘泥於英文的形式，保留其形合的特點，往往會使中文譯文不自然，形成翻譯腔（句 2）。只有完全擺脫英文形合結構的束縛，採用漢語意合的表達習慣，才能使譯文簡明通順、流轉自如（句 1）。

再比較下面中譯英的例子：

台灣是個好地方，有山又有水。

1.　Taiwan is a good place. It has gorgeous mountains and rivers.

2.　Taiwan is a good place where there are gorgeous mountains and rivers.

句 1 就是拘泥於中文形式的結果，英文譯文的結構鬆散。句 2 則發揮了英語的形合手段，使用了關係副詞，因此譯文簡明流暢。

通過英漢語形合和意合的對比研究，理解英漢兩種語言的基本差別並掌握必要的翻譯技巧，可以有效提高學習者的翻譯能力，有助於改善英漢譯文的品質。

Notes

Notes

Notes

Unit 2

名詞與動詞的譯法
Noun and Verb

英語屬印歐語系（Indo-European Family），漢語屬藏族語系（Sino-Tibetan Family）。英漢兩種語言在詞彙和語法結構方面有許多不同。英文句子中，只能有一個主要的動詞 （main verb），而中文則可以幾個動詞連用。同一語境，同樣的概念，英文常用名詞，結構緊湊；中文則喜歡使用動詞，句短簡練。

為求譯文符合目的語（target language）的表達習慣，中文的動詞可譯成英文的名詞，英文的名詞可譯成中文的動詞。

練習一 動詞轉換為名詞

➤ 中譯英時，將中文句子中的動詞轉換成英文的名詞。

1. 隊伍**排**得很長。[1]

_____.

---

[1]　It's **a long wait**. / It's a long **line**.

2. 我**忘**了**帶**鑰匙。[2]（句中的「忘」、「帶」都是動詞。）

    _____.

3. 鋼琴家**演奏**得很出色。[3]

    _____.

4. 銀行從這裡**走過去**十分鐘就到。[4]

    _____.

5. 我們**討論**了一整個晚上，卻找不出什麼結論。[5]

    _____.

練習二 名詞轉換為動詞

➤ 英譯中時，將英文句子中的名詞轉換成中文的動詞。

6. The movie **is a must-see**. [6]

    _____.

7. My friend Mary is **a good singer**. [7]

    _____.

8. He has been **a regular visitor** to the store. [8]

    _____.

9. In Japan there is **a lot of emphasis** on politeness. [9]

    _____.

10. The weather has **a direct impact** on our health. [10]

    _____.

---

[2] I forgot **my key**.
[3] The pianist gave **a fine performance**.
[4] The bank is **a ten-minute walk** from here.
[5] We **had an all-night discussion**, but did not come to any conclusion.
[6] 這部電影非看不可。
[7] 我的朋友瑪麗很會唱歌。
[8] 他經常光顧這家店。
[9] 日本非常重視禮貌。
[10] 天氣直接影響了我們的健康。

進階練習：請將下面的英文譯成中文。

➤ 下面英文句子中的名詞短語（noun phrase）皆可轉譯成中文的動詞。

1. She will delay **her departure** from the Port of Miami until Monday evening.

2. The international human right organization demands **the abolition of the death penalty.**

3. The cast of *Harry Potter and the Sorcerer's Stone* is **a combination of new talents and veteran actors**.

4. After **two days and nights' journey on the train, bus and coach**, I finally arrived at my destination.

5. Is the word "sorry" **an acceptance of blame and wrongdoing**, or not at all?

6. Though Mr. Obama's visit to Denmark is n**o guarantee of success, his absence from the conference** would have ensured a wary and grouchy mood from other countries.

練習講解

練習一 動詞轉換為名詞

1. 隊伍**排**得很長。

   譯文：It's **a long wait**. / It's a long line.

   詳解：中文習慣用動詞表達，所以排隊「排」得很長。但是譯成英文時則是用名詞表達「隊伍」長的概念。另外現代英文中，常將動詞轉名詞使用。wait 就是一例。

2. 我**忘**了**帶**鑰匙。（句中的「忘」、「帶」都是動詞。）

   譯文：I forgot **my key.**

詳解：受中文影響，通常中國學生會譯成 I forgot to bring my key。雖該句的英文也合於文法，但不如 I forgot my key 來得簡明流暢，也更符合英文的使用習慣。

3. 鋼琴家**演奏**得很出色。

譯文：The pianist gave **a fine performance**.

詳解：固然可依「中文」的思維譯成 The pianist performed well，但是 The pianist gave a fine performance. 這樣的句子更嚴謹更正式。

4. 銀行從這裡**走過去**十分鐘就到。

譯文：The bank is **a ten-minute walk** from here.

詳解：該句也可以寫成 It's a ten-minute walk from here to the bank。It 表距離。a ten-minute walk 的名詞短語結構簡潔，表達清楚。試比較以下譯文：It takes ten minutes to walk from here to the bank.

5. 我們**討論**了一整個晚上，卻找不出什麼結論。

譯文：We **had an all-night discussion**, but did not come to any conclusion.

詳解：該句不宜將「討論」譯成英文動詞 discuss，除非在 discuss 之後加上受詞（discuss 為及物動詞）。試比較以下譯文：We discussed it all night (long), but did not come to any conclusion.

6.　The movie is **a must-see**.

譯文：這部電影**非看不可**。

詳解：must-see 又是一個現代英文中動詞轉名詞的例子。

7.　My friend Mary is **a good singer**.

譯文：我的朋友瑪麗**很會唱歌**。

詳解：英文多使用名詞短語 a good teacher, a good writer, a good player 來表達中文「教書教得好」、「文章寫得好」、「打球打得好」等動詞短語。中文很少說某人是一位好老師、一位好作家、一位好球員。

8.　He has been **a regular visitor** to the store.

譯文：他**經常光顧**這家店。

詳解：a regular visitor 倒是可以譯成名詞「常客」。

9.　In Japan there is **a lot of emphasis** on politeness.

譯文：日本**非常重視**禮貌。

詳解：a lot of emphasis 名詞短語譯成「非常重視」的動詞短語。In Japan 的 in 為介詞，可以不譯（見介系詞的譯法）。另外也可以將 In Japan 譯成日本人。

10.　The weather **has a direct impact** on our health.

譯文：天氣會**直接影響**我們的健康。

詳解：如果譯成「天氣**對**我們的健康**有直接的影響**」，則頗為囉嗦冗長。

Notes

Notes

Notes

Unit 3

介系詞的譯法
Preposition

　　介系詞用得多是英語的一大特點。英語的介系詞不僅使用頻率高，搭配能力強，含義也十分豐富。相反地，漢語原本沒有介系詞，即使有也為數不多，大多是從動詞演化而來的。

　　英語介系詞的主要作用是聯繫，讓名詞（或名詞短語）與其他語詞產生關係。因此，翻譯時最重要的就是抓住前後語詞之間最準確的邏輯或語義關係。

練習一　中譯英

為符合英文多名詞多介詞的表達習慣，

➤ 將中文句子中的動詞短語轉譯成英文的介（系）詞短語（prepositional phrase）或名詞短語（noun phrase）。

➤ 將中文分句（clause）轉譯成英文的介（系）詞短語。

1. 我每天**搭公車**上學。[1]

_____.

2. 飛機**失控**而墜毀。[2]

_____.

3. 我們**朝著**大街走去，**經過**許多商店，**穿過**一個大廣場，然後**走進**了一座大樓。[3]

_____.

4. **運氣好的話**，我十天後就會回來。[4]

_____.

5. **如果沒有他的幫助**，我不可能這麼快就把事情做好了。[5]

_____.

英譯中

為符合漢語多動詞多分句的表達習慣，

➤ 將英文句子中的介系詞轉換成中文的動詞。

➤ 將介詞短語轉譯成中文分句。

➤ 英文句子中的介系詞省略不譯。

6. They stopped working **with** US **against** terrorism. [6]

_____.

7. Children **from poor families** often miss out **on** education. [7]

_____.

---

[1] I go to school **by bus** every day.
[2] The plane crushed **out of control**.
[3] They went **up** the street, **past** stores, **across** a broad square, and then **into** a huge building.
[4] **With luck**, I'll be back **in** 10 days.
[5] **Without his help**, I couldn't finish my work so early.
[6] 他們不再與美國**聯手打擊**恐怖分子。
[7] **窮人家的**小孩通常沒有受教育的機會。

8. You should remain neutral **in a fight between friends**. [8]

_____.

9. **For all your explanations**, I understand no better than before. [9]

_____.

10. The price of gas will start to fall **in** the foreseeable future. [10]

_____.

進階練習：請將下面的英文譯成中文。

1. People **from business and industry** are welcome to join the debate.

2. Air conditioners protect us **from cold in** winter and **from heat in summer**.

3. The intent was to establish a government **of the people, by the people, for the people**.

4. There are some arguments **against** the possibility **of** life **on** this planet.

5. **In** 2003, **over** 10million English-speaking adults **in America** could not read or write **in English**.

6. Exploration **by** Europeans was **carried on during** the Middle Ages **by** Norse adventurers and colonists who crossed the Atlantic **to** Iceland, Greenland, and North America. Their journeys, however, did not have much influence **on** the rest **of** Europe. European knowledge **of** Asia gained **during** the Crusades was extended **by** the journeys **across** Asia made **by** missionaries and **by** Marco Polo.

---

[8] 朋友起爭執，你要保持中立。
[9] 儘管你一再解釋，我不懂還是不懂。
[10] 油價再過不久就會慢慢調降。

練習講解

練習一 中譯英

1. 我每天**搭公車**上學。

   譯文： I go to school **by bus** every day.

   詳解： 原中文句中有兩個動詞短語：搭公車及上學。翻譯成英文時，只需要保留一個動詞短語 go to school，另一則譯成介詞短語 by bus。比較以下譯文：I take a bus to go to school every day. 該句雖合於文法，但結構相當鬆散。

2. 飛機**失控**而墜毀。

   譯文： The plane crushed **out of control**.

   詳解： 原中文句中有「失控」及「墜毀」二個動詞，譯成英文時，只需要保留一個動詞 crush，另一則譯成介詞短語 out of control。

3. 我們**朝著**大街走去，**經過**許多商店，**穿過**一個大廣場，然後**走進**了一座大樓。

   譯文： They went **up** the street, **past** stores, **across** a broad square, and then **into** a huge building.

   詳解：

   ①原中文句有四個動詞，翻譯時只需保留一個動詞 went up，其他三個動詞全譯成介系詞（past、across、into）即可。

   ②其他可用的譯文如下：Up the street they went, past stores, across a broad square, and then into a huge building. 句子倒裝，可以讓四個介系詞平行並列。They walked to the street, passing stores, crossing a broad square, and then into a huge building. 該譯文選擇二個現在分詞

（可用 and 連接）和二個介系詞（可用 and 連接一前一後的 to 和 into）。

③第二個子句（and then into a huge building）的動詞仍是walked，所以可以省略。

4. **運氣好的話**，我十天後就會回來。

   譯文：**With luck**, I'll be back in 10 day.

   詳解：原中文句子有兩個子句，翻譯成英文時，固然可以譯成兩個英文子句：If I have（good）luck, I'll be back in 10 days. 但是第一個子句寫成英文With luck，譯文更為簡明扼要。

5. **如果沒有他的幫助**，我不可能這麼快就把事情做好了。

   譯文：**Without his help**, I couldn't finish my work so early.

   詳解：中文的第一個子句可譯成英文的介詞短語 Without his help。（Without his help 寫成子句則是 If I didn't have his help。）該句中「這麼快做好」不見得一定譯成 quickly.

練習二 英譯中

6. They stopped working **with** US **against** terrorism.

   譯文：他們不再與美國**聯手打擊**恐怖分子。

   詳解：

   ①該句不宜逐字翻譯成「他們停止和美國合作打擊恐怖分子」，這樣的譯文既不流暢，語意也不夠清楚。stopped working with US 不是「停止和美國合作」而是「不再和美國聯手」。

   ②英文介系詞 against 譯成中文的動詞「打擊」或「對抗」。

7. Children **from poor families** often miss out **on** education.

譯文：**窮人家的**小孩通常沒有受教育的機會。

詳解：該句有二個介系詞 from 和 on，譯成中文時都可以不譯。Children from poor families 不要逐字譯成「來自貧窮家庭的小孩」，既冗長也不夠流暢。

8. You should remain neutral **in a fight between friends**.

譯文：**朋友起爭執**，你要保持中立。

詳解：原句中有兩個介系詞 in 和 between，都可以不譯。英文的介詞短語 in a fight between friends 譯成中文分句「朋友起爭執」。

9. **For all your explanations**, I understand no better than before.

譯文：**儘管你一再解釋**，我不懂還是不懂。

詳解：該句中的介詞短語 For all your explanations 相當於英文子句 Even though you have given all your explanations，故在此直接翻成「儘管你一再解釋」。因為 explanations 為複數形，故譯為「一再解釋」。

10. The price of gas will start to fall in the foreseeable future.

譯文：油價**再過不久**就會慢慢調降。

詳解：句子中的介詞 in 可以不譯。in the foreseeable future 切勿逐字譯成「可預見的未來」。所謂 foreseeable future 是指不久之後，相當於 in the near future。句中使用了動詞 will 加上 foreseeable 一字，表達了該句說話者堅信降價之事勢必發生。

Notes

Unit 3 介系詞的譯法

Notes

Unit 4

代名詞的譯法
Pronoun

英語爲了避免重複，代名詞的種類繁多，使用頻率遠遠高於漢語。漢語行文簡練，代名詞盡量省略，習慣重複使用同一名詞。

> ➤ 爲求譯文的通順，中文譯成英文時，要適當地補上代名詞或省略重複的名詞。
> ➤ 英文譯成中文時，英文句子中的代名詞能刪便刪，有時也可以適當地還原代名詞所替代的名詞。

練習一 中譯英

1. 請繳交作業。[1]

_____.

---

[1] Hand in **your** homework, please.

2. 我把手放入口袋。[2]

_____.

3. 凡事當盡力而為。[3]

_____.

4. 若要事情做得好，就得親力親為。[4]

_____.

5. 老奶奶八十幾歲的時候，著手寫起了自己多采多姿的一生。[5]

_____.

練習二 英譯中

6. **It** takes 2 hours to get our son to brush **his** teeth, wash **his** face, and put on **his** clothes. [6]

_____.

7. Happiness is not a destination. **It** is a method of life. —Burton Hills [7]

_____.

8. Happiness is not something ready-made. **It** comes from **your** own actions. [8]

_____.

9. Alice thought that **she** could finish **her** job before **her** mother came back. [9]

_____.

---

[2] I put **my** hand into **my** pocket.
[3] We should always try **our** best.
[4] If **you** want a thing well done, do **it** yourself.
[5] When Great Grandma was in **her** 80's, **she** began to write the story of **her** colorful life.
[6] 要我們家的兒子刷牙洗臉，再穿上衣服，得花上兩個小時。
[7] 快樂並非目的，而是生活的方式。
[8] 幸福並非唾手可得；幸福必須要親自付諸行動。
[9] 愛麗絲認為在媽媽回來前可以把事情做完。

10. Language is more than just a means of communication. **It** influences our culture and even our thought processes. [10]

_____ .

進階練習：請將下面的英文譯成中文。

1. Although that boy is not very clever, **he** knows **he** should work hard, and **he** does.

2. Jack might never see Lily's family again, nor **his** parents.

3. Many parents are afraid to allow **their** children to work during college, thinking that **it** will hurt **their** performance in school.

4. Seat reservations in railways can be made four months in advance. **This** gives people a chance to plan their journeys in advance and travel conveniently.

5. There are a number of legends concerning the origins of foot binding, but it seems likely that **it** started as a fashion amongst court dancers of the T'ang Dynasty (A.D. 618-690). **It** then became a required procedure for all royal females, and then girls of wealthy families.

6. **My** father was a poor minister whom **my** mother had married against the wishes of **her** family, and **my** Grandfather Reed was so angry with **her** that **he** left **her** none of **his** money. When **my** parents had been married a year, first **my** father died of fever, and then **my** mother died a month later.

練習講解

練習一 中譯英

1. 請繳交作業。

   譯文：Hand in **your** homework, please.

---

[10] 語言不僅僅是溝通的工具。語言還影響了（我們的）文化，甚至影響了（我們的）思維過程。

詳解：該句為祈使句，所以英文句子的主詞／代名詞為 you／your。當然，祈使句的主詞 you 必須省略。

2. 我把手放入口袋。

譯文：I put **my** hand into **my** pocket.

詳解：「手」和「口袋」皆為普通名詞，翻譯成英文必須加上冠詞或限詞（determiner）。此句因主詞是 I，所以必須在 hand 和 pocket 前加上所有格的代名詞 my（所有格的代名詞為限詞的一種）。

3. 凡事當盡力而為。

譯文：We should always try **our** best.

詳解：該中文句子泛指一般人，不論你我他，任何人都要盡力而為。翻成英文時可選擇不特定的代名詞 one 或 everyone，也可用 we 或 you 泛指一般不特定大眾。Try one's best 中所有格則跟著選定的主詞作變化。

4. 若要事情做得好，就得親力親為。

譯文：If **you** want a thing well done, do **it** yourself.

詳解：該句的語意是泛指一般大眾若要把事情做好，就得親力親為。翻譯成英文時，主詞選用 you 或 we。「親力親為」可用反身代名詞 yourself 或 ourselves。do it 的 it 是指前面的 a thing。

5. 老奶奶八十幾歲的時候，著手寫起了自己多采多姿的一生。

譯文：When Great Grandma was in **her** 80's, **she** began to write the story of **her** colorful life.

詳解：該句的主詞為老奶奶 Great Grandma，從中文翻成英文時，必須依文法需要，補上三個代名詞。另外，中文有兩個子句翻譯成英文時，依文法需要，也必須加上適當的連接詞，這裡是使用表時間的 when（在……的時候）。

6. It takes 2 hours to get our son to brush **his** teeth, wash **his** face, and put on **his** clothes.

   譯文：要我們家的兒子刷牙洗臉，再穿上衣服，得花上兩個小時。

   詳解：原英文句中共有四個代名詞，第一個代名詞 It 指時間，其餘的 his 是
   our son 的代名詞，譯成中文時，依漢語表達習慣，全部都可以省略。

7. Happiness is not a destination. **It** is a method of life. —Burton Hills

   譯文：快樂並非目的，而是生活的方式。

   詳解：第二個句子的 It 指的是 Happiness，二句英文可以合譯成一句中文
   （二個子句）並將 It 省略不譯。另外也可將原英文中的 It 還原成
   Happiness 而譯成：快樂並非目的，快樂是生活的方式。

8. Happiness is not something ready-made. **It** comes from **your** own actions.

   譯文：幸福並非唾手可得；幸福必須要親自付諸行動。

   詳解：原英文子句中的 It 指的是 Happiness，可選擇不譯或者直接譯成「幸
   福」。句中的 your 泛指一般大眾，譯成中文時可以不譯。

9. Alice thought that **she** could finish **her** job before **her** mother came back.

   譯文：愛麗絲認為在媽媽回來前可以把事情做完。

   詳解：該英文句中有三個代名詞，指的是主詞 Alice。翻譯成中文時，依漢
   語表達習慣全部都可省略。當然也可以適度保留一個代名詞：愛麗絲
   認為在媽媽回來前，就可以把<u>自己</u>的事情做完。

10. Language is more than just a means of communication. **It** influences our culture and even our thought processes.

   譯文：語言不僅僅是溝通的工具。語言還影響了（我們的）文化，甚至影響了（我們的）思維過程。

   詳解：It 指的是語言，可譯可不譯。但譯成「語言」可加強「語言」的重要性。兩個 our 皆泛指大眾或所有人類，可以不譯。

Notes

Notes

Unit 4　代名詞的譯法

Notes

Unit 5

連接詞的譯法
Conjunction

就句子的結構而言，英語重形合（hypotaxis），以「形」役「意」。句子內部的連接或句子之間的連接主要是憑藉連接詞或語言形態變化，結構十分嚴謹。而漢語重意合（parataxis），「意」定「形」隨。句子之間的關係是依賴語義邏輯，較少使用連接詞銜接。

➤ 中譯英時，先找出中文各個分句間的邏輯關係，再選用適當的連接詞，將各個分句組合成英文的句子結構。

➤ 英譯中時，原英文句子中的連接詞通常可以省略。

1. 一年有四季：春、夏、秋、冬。[1]

   _____.

2. 她過世時，我們還年幼。[2]

   _____.

3. 你不去，我也不去。[3]

   _____.

4. 我沒等多久她就來了。[4]

   _____.

5. 趁有太陽的時候，趕快把飼料／乾草準備好。[5]（把握時機。）

   _____.

練習二 英譯中

6. You can go **or** stay; decide now. [6]

   _____.

7. Words do not have meaning, **but** people have meaning for them. [7]

   _____.

8. **If** winter comes, can spring be far behind? [8]

   _____.

---

[1] There are four seasons in a year: spring, summer, autumn, **and** winter.
[2] She died **when** we were quite young.
[3] I won't go **if** you are not going.
[4] I had not waited long **before** she came.
[5] Make hay **while** the sun shines.
[6] 要走要留，你現在就決定。
[7] 詞本無義，義隨心生。
[8] 冬天來了，春天還會遠嗎？

9. **Before** I could say a single word, he ran away. [9]

_____.

10. I'm afraid that your watch won't be ready **until** tomorrow. [10]

_____.

進階練習：請將下面的英文譯成中文。

1. As a guest, one should not begin eating **until** everyone is seated.

2. You could know your own language **only if** you compared it with other languages.

3. Translations are like women－**when** they are faithful they are not beautiful, **when** they are beautiful they are not faithful.

4. The Jeremy Lin story is incredibly popular **because** we can all see a little bit of ourselves in this man's struggles **and** now successes.

5. We all know red roses signify love, **but** floral protocol does not end there. **When** giving flowers abroad, there are a few to watch out for. In Europe, red carnations are bad **unless** you know your hosts are good Socialists.

6. There was a weak attempt during the Qing Dynasty to put an end to foot binding, **but** tradition could not be defeated. The next attempt was nearly 270 years later **when** Sun Yat-Sen declared the practice to be illegal in the 1911 revolution. But it was not **until** the Anti-Foot Binding Movement in the 1920s **that** the practice finally **and** quickly came to an end.

---

[9] 我連一句話也沒來得及說，他就跑了。
[10] 你的手錶恐怕要到明天才能修好。

練習講解

練習一 中譯英

1. 一年有四季：春、夏、秋、冬。

   譯文：There are four seasons in a year: spring, summer, autumn, **and** winter.

   詳解：中文的「春、夏、秋、冬」只用標點符號，不用連接詞。但英文句子中有三個以上的名詞並列時，則必須使用連接詞 and，其基本形式為 A, B, C and D。

2. 她過世時，我們還年幼。

   譯文：She died **when** we were quite young.

   詳解：

   ①該句中文有二個子句，譯成英文時，必須加上適當的連接詞。此句的連接詞為表「時間」的 when。

   ②英文 when 的從屬子句（subordinate clause）可以放前面也可以放後面。所以這句譯文也可以寫成 We were quite young when she died.

3. 你不去，我也不去。

   譯文：I won't go **if** you are not going.

   詳解：該句中文有二個子句，譯成英文時，得加上表「條件」的連接詞 if。

4. 我沒等多久她就來了。

   譯文：I had not waited long **before** she came.

   詳解：

   ①該句中文譯成英文時，千萬不要被中文牽著走，而譯成 I did not wait long and then she came. 這樣的英文句子不但結構鬆散，也未

能貼切表達中文的「沒等多久」。

②同理，I had not waited long before she came. 譯成中文時，也不要把 before 套譯成「在……之前」，而將全句譯成了「在她來之前我沒等很久」。

5. 趁有太陽的時候，趕快把飼料（乾草）準備好。（要把握時機。）

    譯文：Make hay **while** the sun shines.

    詳解：

    ①Make hay while the sun shines. 該句使用表「時間」的連接詞 while。 while 意指「在……的這段時間」。

    ②該句英文諺語源自十六世紀，農夫要在好天氣時盡早儲存乾草。 hay 是曬乾的草，通常用來當作生畜的飼料。make hay 是動詞片語，現引申為「把握機會」之意。

練習二 英譯中

6. You can go **or** stay; decide now.

    譯文：要走要留，你現在就決定。

    詳解：

    ①英文句中的 or 連接二個動詞 go 和 stay，譯成中文時 or 可以不譯。 如果要譯，倒是可以譯成「還是」：要走還是要留，你現在就決定。但切勿把 or 譯成「或」。

    ②前後二個英文子句的主詞皆為 you（decide now 為祈使句），譯成中文時，只需要用一個代名詞「你」。

7. Words do not have meaning, **but** people have meaning for them.

    譯文：詞本無義，義隨心生。

詳解：英文對等連接詞 but 不譯。該英文句子的意思是說，字的語意或定義，是由使用該字（或該語言）的人所決定。

8.　**If** winter comes, can spring be far behind?

　　譯文：冬天來了，春天還會遠嗎？

　　詳解：

　　　　①該英文句子出自英國詩人雪萊（Percy Bysshe Shelley, 1792-1822）
　　　　的名詩〈西風頌〉（Ode to the West Wind）。

　　　　②如果中文譯文將「If」譯成「如果」，恐怕多了點說明文的生硬，
　　　　卻少了一份浪漫的詩意。

9.　**Before** I could say a single word, he ran away.

　　譯文：我連一句話也沒來得及說，他就跑了。

　　詳解：

　　　　①切勿將 before 套譯成「在……之前」，而將全句譯成了「在我能說
　　　　任何一個字之前，他就走了。」這樣的譯文不夠流暢。

　　　　②留意 single 一字的語意，再想一下 before 的用法，就能體會出中文
　　　　「連一句話／一個字都還來不及說，就……」的表達習慣。

10.　I'm afraid that your watch won't be ready **until** tomorrow.

　　譯文：你的手錶恐怕要到明天才能修好。

　　詳解：

　　　　①勿將 until 套譯成「直到」。英文連接詞 until 表時間，指的是「經
　　　　過一段時間」（continuance）；won't be ready until tomorrow 是
　　　　「在明天之前不會好」。

　　　　②不要把 I'm afraid 直譯成「我恐怕」。I'm afraid 是委婉語氣，有「大
　　　　概」的意思。

Notes

Unit 5　連接詞的譯法

Notes

Unit 6

形容詞的譯法
Adjective

　　形容詞的翻譯，一是準確理解形容詞在特定上下文及搭配中的含義，二是要符合目的語（target language）的表達習慣，既要語義精確，又要流暢自然。

> ➤　由於英漢兩種語言的表達方式不同，翻譯時可以在忠實原意的前提下，將原文中的形容詞轉換為目的語的其他詞類。
> ➤　切勿認定一個語詞只有一種解釋，一種譯法。翻譯時要先從上下文找出語詞的正確語義，再從目的語中挑選最合適的對等語詞。

練習一　中譯英

> ➤　將下面中文句子中以**粗體標示**的語詞轉譯成英文的形容詞。

　　1.　這裡的日子**不好過**。[1]

　　　_____.

---

[1]　Life here is **not easy**.

2. 他**結結巴巴**用英語對我說他是斯里蘭卡人。[2]

_____.

3. 誰是**當今世上最偉大的**詩人？[3]

_____.

4. 這門課雖然**要求高**，卻**值得修習**。[4]

_____.

5. 我知道有個演員**適合扮演**這個角色。[5]

_____.

練習二 英譯中

➤ 英文形容詞譯成中文時，不一定要在字尾加「的」字。

➤ 發揮中文的特色，善用四字詞及疊字疊詞。

6. All the articles are **untouchable** in the museum. [6]

_____.

7. For Alice it was quite a **new**, **fresh**, **brilliant** world, with all the bloom upon it. [7]

_____.

8. After a few **resultless** hours I would like to ask for your help. [8]

_____.

9. The battlefield became something **holy**. It was not touched. [9]

_____.

---

[2] In **hesitant** English he told me he was Sri Lankan.
[3] Who is **the greatest** poet **alive**?
[4] It is a **demanding** but **rewarding** class.
[5] I know an actor **suitable** for the part.
[6] 博物館內各項展品**禁止觸摸**。
[7] 愛麗絲覺得這世界**五光十色**，新奇有趣，光鮮燦爛。
[8] 自己**白忙**了幾個小時，**毫無所獲**，所以想請你幫忙。
[9] 這個戰場已成為**聖地**，依然保持當年的舊觀。

10. The mother described her two-year-old boy as **round** and **fat** and **strong** as a five-year-old. [10]

_____.

進階練習：請將下面的英文譯成中文。

1. Your college life will be **passing** joy if you do not shoulder your responsibilities.

2. Every mother's **greatest** wish for her children is that they will have a **happy** and **useful** life.

3. My father was an **articulate**, **fascinating** storyteller, but totally **illiterate**.

4. You don't need a **spotless** home as long as you keep most rooms **neat**, **clean**, and **orderly**, especially for guests.

5. She was 99 years old—an **immense** and **terrible** age to be when your world falls apart. "Great Grandma, " our California valley town called her, **bent** and **withered** like a small tree battered by storms but still bravely standing.

6. "Madame wants to know if you have any of those **giant** asparagus," I asked the waiter. A **happy** smile spread over his broad, **priestlike** face, and he assured me that they had some so **large**, so **splendid**, so **tender**, that it was a marvel.

練習講解

練習一 中譯英

1. 這裡的日子**不好過**。

譯文：Life here is **not easy**.

詳解：easy 和 life 一起用，指的是安逸的生活。用在否定 not easy 不只是不夠安逸，是日子過不下去。

---

[10] 母親描繪自己兩歲大的兒子：圓圓胖胖，結結實實，像個五歲的孩子。

2. 他**結結巴巴**用英語對我說他是斯里蘭卡人。

   譯文：In **hesitant** English he told me he was Sri Lankan.

   詳解：influent English, broken English 或 hesitant English 都有不流暢的意思，但是 hesitant 更貼近中文的「結結巴巴」。該中文動詞短語可譯成英文的介詞短語 In hesitant English。

3. 誰是**當今世上最偉大的**詩人？

   譯文：Who is **the greatest poet alive**?

   詳解：「當今世上」也就是 alive「目前還活著」，如果譯成 who is the greatest poet in the world / on earth 則不見得是指還活著的人。

4. 這門課雖然**要求高**，卻**值得修習**。

   譯文：It is a **demanding** but **rewarding** class.

   詳解：

   ①a demanding class 是要求高的課程，a demanding teacher 是指要求高的老師，a demanding boss 則可譯成苛刻的老闆。Rewarding 是付出可以得到回報的意思，所以 a rewarding class 就是有收穫、值得修的課程。同理，a demanding job 是有所回報、值得從事的工作。

   ②原中文句子有二個子句，譯成英文時只需用 but 連接二個意思相反的形容詞即可。該英文譯文字是使用 be 動詞的簡單句結構。

5. 我知道有個演員**適合扮演**這個角色。

   譯文：I know an actor **suitable** for the part.

   詳解：中文動詞短語「適合扮演」除了譯成英文動詞 suits the role（part）之外，更可選擇形容詞 suitable: an actor who is suitable for the part，而 who is 省略後，句子更精簡。

6. All the articles are **untouchable** in the museum.

譯文：博物館內各項展品**禁止觸摸**。

詳解：英文形容詞 untouchable 一字轉譯成中文的動詞短語「禁止觸摸」。
All the articles 不見得要逐字譯成「所有的品項」，可根據漢語表達習慣及上下文譯成「各項展示品」。

7. For Alice it was quite a **new, fresh, brilliant** world, with all the bloom upon it.

譯文：愛麗絲覺得這世界**五光十色**，**新奇有趣**，**光鮮燦爛**。

詳解：

①該句英文連用三個形容詞 a new, fresh, brilliant world，千萬不要逐字依序譯成 ____、____、____ 的世界。如此一來，「～的」定語從句會過長。

②以詞的搭配來看，new fresh world 就是新鮮有趣的世界，brilliant world 就是光輝燦爛的世界。至於介詞短語 with all the bloom upon it 則是指世界（it）光彩亮麗。重整三個形容詞和介詞短語的語意，中文譯文選用了三個四字詞來形容愛麗絲所認為的世界：五光十色，新奇有趣，光鮮燦爛。

8. After a few **resultless** hours I would like to ask for your help.

譯文：已**白忙了幾個小時**，**毫無所獲**，所以想請你幫忙。

詳解：英文的介詞短語 After a few resultless hours 轉譯成中文的子句，其中形容詞 resultless（沒有結果的）一句，可轉譯為中文的動詞「白忙一場，毫無所獲」。

9. The battlefield became something **holy**. It was not touched.

譯文：這個戰場已成為**聖地**，依然保持當年的舊觀。

詳解：形容詞 holy 一字可轉譯成中文的名詞「聖地」。所謂 It was not touched「此地沒有變動過」，換句話來說也就是保持當年的舊觀。

10. The mother described her two-year-old boy as **round** and **fat** and **strong** as a five-year-old.

譯文：母親描繪自己兩歲大的兒子：**圓圓胖胖**，**結結實實**，像個五歲的孩子。

詳解：先將句中三個形容詞拆開來譯以避免定語從句過長，再運用中文的四字詞。round and fat and strong 也就譯成圓圓胖胖，結結實實。代名詞 her 不譯「她的」而譯成「自己的」。

Notes

Notes

Unit 7

副詞的譯法
Adverb

　　英語的副詞十分活躍，使用頻率高，搭配能力強；在句中的位置靈活多變，在不同的上下文中有不同的語義。

　　現代英語中，許多副詞是由形容詞的字尾加「-ly」構成。這類副詞的表達意強，形式簡潔，往往一個詞可以代替一整個片語或一個短語來使用。例如，occasionally 一字可取代 at times 或 from time to time。

練習一 中譯英

➤ 善用英語副詞可以讓英文句子的結構更簡潔，表達更生動。

1. **真是謝天謝地，**我們總算安全了。[1]

_____ .

2. 黑斑羚跑起來**速度快得驚人**。[2]

_____ .

---

[1] **Thankfully**, we are safe now.
[2] The impala can run **amazingly fast**.

3. 長途旅行後，我**身心俱疲**。[3]

_____.

4. **據說**他小時候的日子過得很辛苦。[4]

_____.

5. 國王已**病入膏肓，無藥可救**。[5]

_____.

英譯中

➤ 英文副詞譯成中文時，不一定要在詞尾加「地」字。

➤ 將英文句子中的副詞轉換爲中文的其他詞類。

➤ 發揮中文的特色，善用四字詞及疊字疊詞。

➤ 可以用分譯法將英文句子中的副詞譯成中文的短句。也就是把一句英文翻譯成有兩個分句的中文，中間以逗點分隔。

6. He can write **well** but **not imaginatively**. [6]

_____.

7. There was silence around the table. **Predictably** it was broken by Jane. [7]

_____.

8. **Illogically**, she should have expected some kind of miracle solution. [8]

_____.

9. Jordan cannot **politely** turn down the invitation to an Arab foreign minister conference. [9]

_____.

---

[3] After a long trip, I was exhausted, **both physically and mentally**.
[4] His childhood was **reportedly** stressful.
[5] The King was **irrecoverably** ill.
[6] 他的文筆**不錯**，但**缺乏想像力**。
[7] 席間一片沉寂，**可想而知（不出所料）**，還是由珍先開口打破沉默。
[8] 她竟奢望會有奇蹟出現可以解決問題，**真是不合情理**！
[9] 約旦無法**婉拒**阿拉伯外長會議的邀請。

10. He arrived in London with his delegates at a ripe moment **internationally**.[10]

_____ .

進階練習：請將下面的英文譯成中文。

1. Bob and Judi have been wonderful supporters of our work, **philosophically** and **financially**, since the laboratory started.

2. Although he **narrowly** cheated death twice during African conflicts, he was not able to escape the accumulated efforts of fatigue caused by overwork.

3. Students, teachers, staff and parents are **justifiably** proud of their school's reputation for academic excellence and athletic performance.

4. Chomsky argued **forcefully** and **logically** that language was more complex than it had originally been considered.

5. This new rest area will leave visitors not only **physically** refreshed but also **mentally**, **emotionally** and **spiritually** rejuvenated.

6. **Philosophically**, we believe parents have a responsibility to pay for college to the extent of their ability. **Practically** speaking, there is simply not enough money available to replace parental contributions. Financial aid is designed to supplement the family's best effort at paying for college.

練習講解

練習一 中譯英

1. **真是謝天謝地，**我們總算安全了。
   譯文：<u>**Thankfully**</u>, we are safe now.

---

[10] 就國際形勢而言，他和代表團抵達倫敦的時機正合適。

詳解：

①原中文句子有兩個子句，譯成英文時，前面的子句「真是謝天謝地」直接用一個副詞 thankfully 表達即可。

②儘管中文字典上的 thankfully 的定義通常是「感謝地」或「感激地」，實際上 thankfully 就等同於中文的「實在慶幸」或「謝天謝地」。

2. 黑斑羚跑起來**速度快得驚人**。

譯文： The impala can run **amazingly fast**.

詳解： 英文有一類副詞是由情緒動詞（例如 surprise, confuse, amuse, interest 等「使～」的動詞）轉化而成。像該題譯文中的副詞 amazingly 就是將動詞 amaze（使驚訝）先加上 -ing 轉化成為形容詞，再加上 -ly 成為副詞。該副詞 amazingly 有「不可置信」之意。所以 amazingly fast 表達了速度之快令人驚訝之意。

3. 長途旅行後，我**身心俱疲**。

譯文： After a long trip, I was exhausted, **both physically and mentally**.

詳解：

①「身體疲憊」是 physically exhausted，而「心理疲憊」則是 mentally exhausted。身心俱疲自然可以寫成 I was physically and mentally exhausted，但把 physically and mentally 放到句末則更具力量。

②原文「長途旅行之後」的子句不必譯成英文句子，直接用介詞短語 after a long trip 更符合英文的使用習慣。

4. **據說**他小時候的日子過得很辛苦。

譯文： His childhood was **reportedly** stressful.

詳解：reportedly 意即「據說」或「聽說」。該英文副詞也可放到句首：Reportedly, his childhood was stressful. Reportedly 其實就是 It is reported that…，但直接使用副詞則更簡潔實用。

5. 國王已**病入膏肓，無藥可救**。

譯文：The King was **irrecoverably** ill.

詳解：

①通常學生只知動詞 recover，極少使用 ir-recover-able-ly 這個副詞，irrecoverably 就是不能挽回、不能復原之意。Irrecoverably ill 自然就是無藥可救的病症。

②中文「病入膏肓」及「無藥可救」兩個四字詞同樣都是 irrecoverably ill 之意。

練習二 英譯中

6. He can write **well** but **not imaginatively**.

譯文：他的文筆**不錯**，但**缺乏想像力**。

詳解：英文句中的兩個副詞 well 及 imaginatively 與動詞連用時，分別譯成「文筆不錯」（write well）和「缺乏想像力」（can not write imaginatively），符合中文短句的表達方式。

7. There was silence around the table. **Predictably** it was broken by Jane.

譯文：席間一片沉寂，**可想而知（不出所料）**，還是由珍先開口打破沉默。

詳解：

①英文副詞 predictably（=it is predicable that…）譯成中文的四字詞「可想而知」或「不出所料」。

②介詞片語 around the table 不宜譯成「桌子四周圍」而是「整桌的

人」。There was silence around the table 就是整桌子的人全都安靜無聲，沒人發言。

8. **Illogically**, she should have expected some kind of miracle solution.

譯文：她竟奢望會有奇蹟出現來解決問題，**真是不合情理**！

詳解：

①該英文句子採用「分譯法」，把副詞 illogically 從原句中獨立出來，譯成子句「這是不合情理的（事）」。

②英文句中的 miracle solution 不要逐字譯成莫名其妙的「奇蹟似的解決方式」而要將 miracle「化」掉，再與句中的 illogically 和 should expect 搭配後，體會出「**竟奢望**會有奇蹟」出現的語意。

9. Jordan cannot **politely** turn down the invitation to an Arab foreign minister conference.

譯文：約旦無法**婉拒**阿拉伯外長會議的邀請。

詳解：

①politely turn down 是委婉推辭或委婉拒絕。

②注意該句後半的譯文不宜過長，否則容易出現**以下不流暢**的譯文：約旦無法婉拒參加阿拉伯外交部長會議的邀請。

10. He arrived in London with his delegates at a ripe moment **internationally**.

譯文：**就國際形勢而言**，他和代表團抵達倫敦的時機正合適。

詳解：該句採用「分譯法」把副詞 internationally 從原句中獨立出來，譯成子句「就國際形勢而言」。

Notes

Notes

Unit 8

被動語態的譯法
Passive Voice

　　被動語態是英文常見的結構，使用範圍極為廣泛。舉凡科技、新聞、公文、論文等資訊類文體中，隨處可見。中文也有被動語態，但使用範圍遠遠小於英語。同一語境，同樣的概念，英文多用被動語態表達，中文則習慣用主動語態。

練習一　你會將下面的中文句子譯成英語的主動結構或被動語態？

1. 信寄了沒？[1]

_____.

2. 他三天前遇害了。[2]

_____.

3. 報紙擱在我家的門口。[3]

_____.

---

[1] Has the letter **been mailed**?

[2] He **was killed** three days ago.

[3] The newspaper **was left** at my door.

4. 男童在第三天就下葬了。[4]

_____.

5. 我們每天都該心懷感激。[5]

_____.

練習二 請將下面的英文被動句譯成中文。

➤ 一般人在將英文的被動句譯成中文時，最常使用「被」字來表示。但實際上還有許多其他的語詞可以表達中文的被動語態：「受」、「給」、「遭」、「讓」、「承」、「由」、「叫」、「獲」、「挨」、「蒙」、「予以」「加以」、「為……所」等。

6. His research **will not be completed** this year. [6]

_____.

7. *Harry Porter* **has been translated** into many languages. [7]

_____.

8. Divorced Indian women **are still looked down upon** in their society. [8]

_____.

9. A temporary library **has been set up** in our neighborhood. [9]

_____.

10. *Oklahoma*, a musical play, **was first performed** on New York's Broadway in 1943. [10]

_____.

---

[4] The boy **was buried** on the third day.
[5] We should **be filled with** gratitude every day.
[6] 他的研究工作無法在今年完成。
[7] 《哈利波特》一書已譯成多種語言。
[8] 印度的離婚婦女在印度社會仍舊受到鄙視。
[9] 我們鄰近地區設立了一所臨時的圖書館。
[10] 《奧克拉荷馬》音樂劇於一九四三年在紐約百老匯首演。

進階練習：請將下面的英文被動句譯成中文。

➢ 儘管下面的英文句子是被動結構，為求譯文符合中文的表達習慣，這些被動結構譯成中文後，不見得要使用「被」字。

1. The decision to attack Iran should **not be taken** lightly.

2. He **has been wedded** to translation.

3. Language **is shaped** by, and shapes, human thought.

4. Colleges **have been made possible** by the efforts of those who loved learning and believe in their value for civilization.

5. There is no such thing as a moral or immoral book. Books **are well written, or badly written**. That's all. — Oscar Wilde, *The Picture of Dorian Gray* (1891)

6. There were variations in the foot-binding procedure itself, but the following provides a general overview. Between the ages of four and seven, usually during winter time, when the cold would numb the pain, a girl's four small toes **were broken and forced** under the sole of her foot. A bandage **was tightly wrapped** around the toes, keeping them in place. It **was further tightened** each day and this continued for at least another two years until the girl's feet were virtually useless. In addition to **being subjected** to this pain, a woman with bound feet would be at risk of infection if her toenails cut into her foot. The lack of circulation could also result in gangrene, so the foot had to **be massaged** daily to get the blood moving. Pus and blood had to **be washed** away every day as the smell was highly offensive. However, women's bound feet could also be the subject of erotic poetry and many considered that no woman could **be seen** as sexually desirable without them. (*A Thousand Years of Foot Binding*)

練習講解

練習一 中譯英

1. 信寄了沒？

   譯文：Has the letter **been mailed**?

   詳解：中文的句子是主動，但譯成英文時，因為動詞 mail or send 是及物動詞而主詞是非人的 letter，所以必須使用被動語態：Has the letter been mailed（or sent）？

2. 他三天前遇害了。

   譯文：He **was killed** three days ago.

   詳解：中文的「遇害」就是「被殺害」之意，即使看不到「被」字，「遇害」二字仍是中文表達「被動」的方式之一，所以譯成英文時，必須使用 was killed 的被動語態。

3. 報紙擱在我家的門口。

   譯文：The newspaper **was left** at my door.

   詳解：主詞為非人的「報紙」，動詞無論是選用 leave, put 或是 place，在此都得使用被動語態：was left, was put, was placed。

4. 男童在第三天就下葬了。

   譯文：The boy **was buried** on the third day.

   詳解：中文的「下葬」就是「埋葬」。埋葬的英文是及物動詞 bury，所以某人下葬就是 Someone was buried。

5. 我們每天都該心懷感激。

   譯文：We should **be filled with** gratitude every day.

   詳解：「心懷感激」如果選擇英文動詞短語 fill with 則要使用被動語態 be filled with gratitude。該句也可採用 be 動詞+形容詞的 be grateful（for）或 be thankful（for）：We should be grateful every day。

練習二 英譯中

6. His research **will not be completed** this year.

   譯文：「他的研究工作無法在今年完成」即可，根本不用「被」字。

7. *Harry Porter* **has been translated** into many languages.

   譯文：《哈利波特》一書已譯成多種語言。

   詳解：英文句中的 has been translated 譯成「已翻譯成」而不是「被翻譯成」。「被」反而是多此一舉，累贅而不流暢。

8. Divorced Indian women **are still looked down upon** in their society.

   譯文：印度的離婚婦女在印度社會仍舊受到鄙視。

   詳解：英文句中的 are still looked down 就是中文「受到鄙視」、「未獲尊重」之意。

9. A temporary library **has been set up** in our neighborhood.

   譯文：我們鄰近地區設立了一所臨時的圖書館。

   詳解：英文句中的動詞 has been set up 就是「成立」或「設立」。該句切勿「順譯」或「逐字」譯成不像中文的「一所臨時的圖書館被設立在鄰近地區」。

10. *Oklahoma*, a musical play, **was first performed** on New York's Broadway in 1943.

譯文：《奧克拉荷馬》音樂劇於一九四三年在紐約百老匯首演。

詳解：

①英文句中的 was first performed 就是中文的「首演」或「首次上映」。

②英文句中的同位語 a musical play 翻譯成中文時，必須依中文的表達方式（語序）處理，所以是「奧克拉荷馬音樂劇」而不是順著英文語序譯成「奧克拉荷馬，一齣音樂劇，⋯⋯」。

Notes

Notes

Notes

Unit 9

關係子句的譯法
Relative Clause

　　英文的關係代名詞兼有「代名詞」與「連接詞」等雙重作用。其引導出來的子句稱作關係子句（Relative Clause）或關係分句。英文關係子句的譯法有以下幾種：

➤ **將關係子句譯成中文「……的」的定語從句**

● 定語從句（Attributive Clause）是用來限定、修飾名詞或代名詞的子句。中文中常用「……的」表示。

但切記：該定語從句不宜太長，以免影響了譯文的流暢性。

試比較下面兩句的中文譯文：

● Is this the book **that you borrowed in the library?**
這是**你在圖書館借的**書嗎？

● My grandfather was a generous elder **who would never turned away a beggar from his door.**
我的祖父**是個不會把上門的乞丐趕走的**慷慨長者。

第二句譯文「是個不會……的」的定語從句過長，譯文明顯不夠流暢。

> **採分譯法，將關係子句譯成中文的短句。**也就是把一句英文翻譯成有兩個分句的中文，中間以逗點分隔。

- 關係代名詞省略不譯：

  I gave him a gift **which** he didn't see at all.

  我送了他一份禮物，他竟然看都沒看。

- 重複英文的先行詞：

  She received a letter **which** announced that her uncle had married.

  她接獲一封信，**信上**說她的叔叔結婚了。

- 如果關係代詞 which 指的是前面整個句子的內容，可以將 which 譯成「這」或「這一點」。

  They won the game, **which** surprised me.

  他們比賽贏了，**這**讓我大為驚訝。

- 有時，可以依據兩個分句間的邏輯關係，適當加上「因為」、「所以」、「儘管」、「其實」等連接詞或副詞。

  He had great success in football **which** made him an idol in the eyes of every football player.

  他在足球領域的成就非凡，**因此**成為所有足球運動員的偶像。

 請將下面的中文譯成英文。適時運用關係代名詞，可以提高譯文的品質。

1. 我吃了**冰箱裡的**冰淇淋。[1]

_____.

---

[1] I ate the ice cream **that was in the freezer**.

2. **功課出得多的**老師多半不受歡迎。[2]

_____.

3. **雙親都過世的**小孩叫做孤兒。[3]

_____.

4. 昨天雨下得很大，害我去不成公園。[4]

_____.

5. 她執意要再買一支吹風機，**其實**她根本用不上。[5]

_____.

練習二 英譯中

6. My brother is not the one **who will give up easily**. [6]

_____.

7. I like _The Da Vinci Code_, **which many people like, too**. [7]

_____.

8. Taiwan is a good place **where there are gorgeous mountains and rivers**. [8]

_____.

9. A man **who doesn't spend time with his family** can never be a real man. [9]

_____.

10. Hollywood's golden years are over, **which is possibly the reason why there are so many remakes recently**. [10]

_____.

---

[2] Teachers **who give a lot of assignments** are often unpopular.
[3] A child **whose parents are dead** is called an orphan.
[4] It rained hard yesterday**, which** prevented me from going to the park.
[5] She insisted on buying another hair dryer**, which** she had no use for.
[6] 我哥哥不是個輕易服輸的人。
[7] 我喜歡《達文西密碼》，很多人也都喜歡這本書。
[8] 台灣是個有山有水的好地方。
[9] 不顧家（庭）的男人，根本稱不上是個男人。
[10] 好萊塢的黃金年代已過，這大概是為什麼近來許多老片新拍的原因。

進階練習：請將下面的英文譯成中文。

➤ 下面英文句子中的名詞短語皆可轉譯成中文的動詞。

1. *Super Size Me* is a feature length documentary **that** attacked the fast food industry and specifically McDonald's.

2. The sun, **which** had hidden all day, now came out in all its splendor.

3. Peace is not merely a distant goal **that** we seek, but a means **by which** we arrive at that goal. 一Dr. Martin Luther King

4. Without justice, there can be no peace. He **who** passively accepts evil is as much involved in it as he **who** helps to perpetrate it. 一Dr. Martin Luther King

5. If there is anyone out there **who** still doubts that America is a place **where** all things are possible, **who** still wonders if the dream of our founders is alive in our time, **who** still questions the power of our democracy, tonight is your answer. 一Barack Obama, President-Elect Victory Speech, 2008 in Chicago

6. A statute of limitations is a law **which** gives a deadline **by which** a person or organization has to complete an action. Statutes of limitations on debts give creditors a limited time **in which** to sue a debtor **who** has defaulted on a loan.

練習講解

練習一 中譯英

1. 我吃了**冰箱裡的**冰淇淋。

   譯文：I ate the ice cream **that was in the freezer**.

   詳解：中文定語「冰箱裡的」譯成英文可以用關係子句 that（which）was in the freezer。該句也可簡化成介詞短語：I ate the ice cream **in the freezer**.

2. **功課出得多的**老師多半不受歡迎。

譯文：Teachers **who give a lot of assignments** are often unpopular.

詳解：中文「功課出得多的老師」譯成英文，必須將「～的」的定語放到 teacher 之後，也就是採用關係子句 who give a lot of assignments。

3. **雙親都過世的**小孩叫做孤兒。

譯文：A child **whose parents are dead** is called an orphan.

詳解：中文定語「雙親都過世的」譯成英文的關係子句時，先行詞使用 whose。

4. 昨天雨下得很大，害我去不成公園。

譯文：It rained hard yesterday**, which** prevented me from going to the park.

詳解：原中文的第二個子句，可譯成英文的關係子句，其中 which 指的是前面「昨天雨下得很大」這件事。

5. 她執意要再買一支吹風機，其實她根本用不上。

譯文：She insisted on buying another hair dryer**, which** she had no use for.

詳解：原中文的第二個子句大可不必譯成句子：In fact, she doesn't need it 或 she has no use for it（the hair dryer）。這樣的英文句子反而鬆散欠流暢。因此，只要使用 which 子句即可改善缺點。

練習二 英譯中

6. My brother is not the one **who will give up easily**.

譯文：我哥哥不是個**輕易服輸的**人。

詳解：將英文的關係子句直接譯成中文的定語從句「……的」，這是最簡易的譯法，但前提必須是定語從句「……的」不宜過長。此句英文句子

中的關係子句 not the one who will give up 便是直接譯成中文「不輕易服輸的」。

7. I like *The Da Vinci Code*, **which many people like, too**.

    譯文：我喜歡《達文西密碼》，很多人也都喜歡**這本書**。

    詳解：原英文中的關係代名詞為非限定用法（加了逗點的關係代名詞），通常是附帶補充說明之意（additional information）。所以該句中文譯文也可以在第二句前加上「其實」：我喜歡《達文西密碼》，其實滿多人也喜歡這本書。

8. Taiwan is a place **where there are gorgeous mountains and rivers**.

    譯文：台灣是個**有山有水的**地方。

    詳解：

     ①將英文的關係子句 where there are gorgeous mountains and rivers 直接譯成中文的定語從句「有山有水的」即可。

     ②where 就是 in which: There are gorgeous mountains and rivers in Taiwan.

9. A man who doesn't spend time with his family can never be a real man.

    譯文：不顧家（庭）的男人，根本稱不上是個男人。

    詳解：英文 spend time with family 有「將心思花在家庭上」之意，所以 a man who doesn't spend time with his family 可以譯成「不顧家（庭）的男人」。

10. Hollywood's golden years are over, **which is possibly the reason why there are so many remakes recently**.

    譯文：好萊塢的黃金年代已過，**這**大概是為什麼近來許多老片新拍的原因。

    詳解：英文句子中的關係代名詞 which 指的是 Hollywood's golden years are over 這個情況，因此譯成「這」。

Notes

Unit 9 關係子句的譯法

Notes

Unit 10

否定句的譯法（一）
Negative

在表達否定概念時，英語要比漢語複雜許多。英語否定意義的表達形式是多種多樣的：可以用 not 等否定詞來表達否定的意思；可以用 hardly 等半否定詞來表達否定的意思；也可以用表示否定意義的前綴詞（prefix）例如 un- 或後綴詞（suffix）例如 -less 等構成的字來表示否定的意思；還可以用含有否定意義的字、片語，以及句子結構來表達否定的意思。

由於英漢兩種語言在表達否定概念時，無論是在詞彙、句法，還是在邏輯聯繫上，都有很大的差異，在翻譯英語否定句式時，要先把握好英語表達否定意義的語言特點，才能正確理解原文，準確表達。

練習一 中譯英

1. **未經**許可，**任何人不得**入內。[1]

_____ .

---

[1] **Nobody can** come in **without** permission.

2. 這兩本書是十多年前出版的，**兩者皆稱不上**是新書。[2]

_____

3. 這間學校人手不足、**設備簡陋、且年久失修**。[3]

_____

4. **無風不起浪**。[4]

_____

5. 聽到這個消息後，**沒有人不**感到興奮。[5]

_____

練習二 英譯中

6. **Not every couple** is a pair. [6]

_____

7. It **hardly ever** snows in Africa. [7]

_____

8. There was **not** a moment to be lost. [8]

_____

9. Although the jokes were **ill**-timed, laughter was **ill**-concealed. [9]

_____

---

[2] Both books were published over ten years ago; **neither** can be considered new.
[3] The school was **understaffed**, **ill-equipped**, and **in poor repair**.
[4] There is **no** smoke **without** fire.
[5] There was **nobody** who did **not** feel excited after hearing the news. / There was **nobody but** felt excited after hearing the news.
[6] 成對**未必**成雙。／夫妻**不盡**般配。
[7] 非洲**幾乎不**下雪。
[8] 分秒必爭。／刻**不容緩**。
[9] 儘管笑話說得**不是時候**，還是**有人笑了出來**。

10. People with an **anti**social personality behave **a**social and do not take other people into account. [10]

_____.

進階練習：請將下面的英文譯成中文。

1. **Nothing** is **im**possible to a willing heart.

2. It is good horse that **never** stumbles, and a good wife that **never** grumbles.

3. Customers are the foundation of the company. We put the needs of our customers first and **never fail to** keep our commitments to them.

4. At **no** time, and **under no circumstances**, will private information provided by you be sold or otherwise distributed.

5. A new variant of the Mimail virus is being used to both **dis**able and **dis**credit the **anti**-spam organization Spamhaus.

6. There are people who **de**personalize, **de**humanize, and trivialize women and celebrate violence against women, and they reinforce **in**accurate and **un**fair stereotypes of women.

練習講解

練習一 中譯英

1. 未經許可，任何人不得入內。

    譯文：Nobody can come in **without** permission.

    詳解： 該句切勿被中文「牽著走」而譯出了 Anyone can not come in 這樣不符合英文表達方式的 Chinglish！

---

[10] 反社會人格者會表現得<u>不合群</u>，也不會考慮他人感受。

2. 這兩本書是十多年前出版的，**兩者皆稱不上**是新書。

　　譯文：Both books were published over ten years ago; **neither** can be considered new.

　　詳解：中文的第二個子句「兩者皆稱不上新書」不是 both can not be considered new 而是 neither can be considered new。Both can not be considered new 又是一句不合英文表達方式的 Chinglish。

3. 這間學校**人手不足**、**設備簡陋**、且**年久失修**。

　　譯文：The school was **understaffed**, **ill-equipped**, and **in poor repair**.

　　詳解：

　　　　①善用否定意義的綴詞可以讓英文的表達更簡潔流暢。這裡使用了二個加了否定前綴詞（under-, ill-）的 understaffed 和 ill-equipped。

　　　　②「年久失修」的子句只需使用介詞 in poor repair 就可以貼切達意了。

4. **無**風**不**起浪。

　　譯文：There is **no** smoke **without** fire.

　　詳解：中文是雙重否定，譯成英文也是雙重否定。英文 no～without～就是「沒～就不會／就沒有～」。

5. 聽到這個消息後，**沒有人不**感到興奮。

　　譯文：There was **nobody** who did **not** feel excited after hearing the news. / There was **nobody but** felt excited after hearing the news.

　　詳解：

　　　　①中文是雙重否定「沒有不～」，譯成英文也是雙重否定。句型一是 nobody who did not，句型二是 nobody but。

　　　　②比較次等的譯文是直接把原中文的雙重否定改成英文的肯定句 after hearing the news, everyone felt excited。

③切勿直接譯成 After hearing the news, nobody did not feel excited。這又是一句不符合英文表達方式的錯誤句。

練習二 英譯中

6. **Not every couple** is a pair.

譯文：成對**未必**成雙。/夫妻**不盡**般配。

詳解：

①英文的 not every 是部分否定的概念，也就是「有的是，有的不是」。

②Not every couple is a pair. 也可寫成 It is not every couple that is a pair。意指在一起的兩個人不見得能彼此相互配合。

7. It **hardly ever** snows in Africa.

譯文：非洲**幾乎不**下雪。

詳解：英文字 hardly 為否定字，hardly ever 的 ever 是強化了 hardly 的否定意思，所以 hardly ever 其實就是「從未」或「根本不會」。

8. There was **not** a moment to be lost.

譯文：分秒**必**爭。/ 刻**不**容緩。

詳解：

①英文 not a moment 就是 not any moment「任何一刻都不行」。

②英文 be lost 雖是被動語態，譯成中文不用「被」字。be lost 在此是指時間的流逝。

9. Although the jokes were **ill**-timed, laughter was **ill**-concealed.

譯文：儘管笑話**說得不是時候**，還是**有人笑了出來**。

詳解：該句英文中有兩個否定綴詞的否定字 ill-timed 和 ill-concealed。ill-timed 就是「在不適當的時候」，ill-timed joke 就是不合時宜的笑話。ill-concealed laughter 就是藏不住的笑聲。

10. People with an **anti**social personality behave **a**social and do not take other people into account.

譯文：<u>**反社會人格者**</u>會表現得**<u>不合群</u>**，也不會考慮他人感受。

詳解：否定綴詞 anti- 和 a- 雖都是否定之意，但加在同一個字 social 之後，意思仍不相同。使用者可以藉由詞的搭配進一步分辨 antisocial 和 asocial 的差別：antisocial personality vs. asocial behavior。

Notes

Unit 10　否定句的譯法（一）

Notes

Unit 11

否定句的譯法（二）
Negative

英語的否定句除了借助於否定詞 not, no, never, hardly 以及帶有否定意義的前綴或後綴詞，如 dis-, not-, un-, in-, none-, -less 等來體現外，也有所謂「含蓄否定句」或「暗含否定句」（implied negative）。暗含否定是指英語中有些詞彙、短語或句型，儘管形式上沒有否定詞和或否定綴詞，但實際上卻表達了否定的含義。

一、利用詞彙或短語表達否定

(1) He would be **the last** man to say so.

他**決不會**說這種話。

(2) The project is **far from** perfect.

這項企劃**很不**完美。

二、利用句型結構表達否定

(1) His head are **too** big for him **to** wear the hat.

他的頭**太大，戴不上**那頂帽子。

(2)　I am **wiser than** to do such things.

　　　我**不會愚蠢**到去做這樣的事情。

三、習慣表達法表達否定

(1)　He may sell whatever is left in the house **for all I care**.

　　　房子裡剩下的東西他要賣什麼就賣什麼，**我可不在乎**。

(2)　If she actually marries him **I'll eat my hat**.

　　　如果她真的嫁給他的話，**我把腦子給你 / 我決不相信**。

➤　　在翻譯英語暗含否定句時，要格外注意，切勿望文生義。

練習一　中譯英

1.　在老闆**不在**的情況下，我們開了會。[1]

_____.

2.　我**寧死也不**受辱。[2]

_____.

3.　他**不**把自己的病當一回事。[3]

_____.

4.　他對父母說的話**充耳不聞**。[4]

_____.

5.　我**還沒來得及**寫完考卷鈴就響了。[5]

_____.

---

[1]　**In the absence** of our boss, we held a meeting.
[2]　I would **rather** die **than** disgrace myself.
[3]　He **made light of** his illness. / He **made little of** his illness.
[4]　He **turned a deaf ear to** what his parents said.
[5]　The bell rang **before** I could finish my test.

6. Good exercise keeps you **free from** pain. [6]

_____.

7. This is the **last** place where I expected to meet you. [7]

_____.

8. Such a sight is **too** beautiful for words. [8]

_____.

9. We arrived at the top of the mountain **more** dead **than** alive. [9]

_____.

10. **Failure** to follow these warnings and instructions could result in serious injury or death. [10]

_____.

進階練習：請將下面的英文譯成中文。

1. **A fat lot** of good that is to us!

2. Japan is **the last** country to invent radar, but England.

3. **In the absence** of a will the courts decide who the guardian is.

4. If the deal over the internet is **too good to be true** then, well, it's **too good to be true**. Don't be stupid and waste your money.

5. To **be vain of** one's rank or place is to show that one is below it. ─Stanislaus, Leszczynski

---

6　適當運動可以<u>消除</u>疼痛。

7　我怎麼也<u>沒有想到</u>在這裡遇見你。

8　<u>如此美景非筆墨所能形容</u>。

9　我們爬到山頂時，已<u>累得半死不活</u>了。

10　<u>未能聽從</u>警告或遵循指令，可能會造成重傷或死亡。

6. But I was flattered, and I was **too young** to have learned to say no to a woman. **Few** men, I may add, learn this until they are **too old** to make it of any consequence to a woman what they say. (*Luncheon* by W. Somerset Maugham)

練習講解

練習一 中譯英

1. 在老闆**不在**的情況下，我們開了會。

   譯文：In the absence of our boss, we held a meeting.

   詳解：

   　　①原中文「老闆不在」譯成英文只需選擇含否定語意的 absence，再用名詞短語即可：the absence of our boss。

   　　②介詞短語 In the absence of our boss 其實就是「老闆不在時」，符合英文表達習慣，多用介詞及名詞短語。

2. 我**寧死也不**受辱。

   譯文：I would **rather** die **than** disgrace myself.

   詳解：「寧～也不～」相當於英文的 would rather～than～，具否定的語意。

3. 他**不**把自己的病當一回事。

   譯文：He **made light of** his illness. / He **made little of** his illness.

   詳解：中文「不當一回事」除了直譯成 not take it seriously 之外，也可使用 make little of 的短語。英文字 light 及 little 皆有否定之意。

4. 他對父母說的話**充耳不聞**。

   譯文：He **turned a deaf ear to** what his parents said.

詳解：中文「充耳不聞」最簡單的譯法是 never listen to（不聽從），但英文動詞片語 turned a deaf ear to 更能生動貼切地表達中文「充耳不聞」的比喻方式。

5. 我**還沒來得及**寫完考卷鈴就響了。

譯文：The bell rang **before** I could finish my test.

詳解：「還未來得及」只需使用連接詞 before 來表達即可。（可參考連接詞的譯法。）

練習二 英譯中

6. Good exercise keeps you **free from** pain.

譯文：適當運動可以**消除**疼痛。

詳解：英文 free from 是形容詞短語，意指「免於」。keeps you free from pain 譯成「去除疼痛」即可。

7. This is the **last** place where I expected to meet you.

譯文：我怎麼也**沒有想到**在這裡遇見你。

詳解：英文字 last 在此句子中有否定的意思，last place 就是「想都想不到的地方」。

8. Such a sight is **too** beautiful for words.

譯文：如此美景**非筆墨所能形容**。

詳解：勿將英文的 too～to 或 too～for「套譯」成「太～以至於不能～」。too beautiful for words 相當於中文「非筆墨所能形容」的表達形式。

9. We arrived at the top of the mountain **more** dead **than** alive.

　　譯文：我們爬到山頂時，已累得<u>半死不活</u>了。

　　詳解：英文 more～than 通常在中文的字典或文法書中，譯成「與其～不如～」，但如此「套譯」的結果 more dead than alive 就成了「與其說還活著，不如說是死了」。但這樣的中文既不流暢且翻譯腔十足。「累得半死不活」或「累到半條命都沒了」更像是中文的表達習慣。

10. **Failure** to follow these warnings and instructions could result in serious injury or death.

　　譯文：<u>未能</u>聽從警告或遵循指令，可能會造成重傷或死亡。

　　詳解：

　　①Failure to follow these warnings and instructions 是英文句子的主詞，符合英文多名詞的表達形式。該名詞短語可以譯成中文子句「（如果）未能聽從警告或遵循指令」。

　　②名詞的 failure to 或動詞的 fail to 都是否定「不能」或「未能」的意思。

Notes

Unit 11　否定句的譯法（二）

Notes

Unit 12

英漢語序的比較
Word Order

語序是指句子中各個字詞或成分的排列次序。英漢分屬不同語系，思維模式不同，對同一客觀事物的語言表達順序也有所不同。

一般而言，漢語句子語序可依

1. 因果邏輯：先因後果，先假設後推論，先敘事後表態，循序漸進。
2. 時序先後：先發生的動作先說，後發生的動作後說，先說以前發生的事，再說最近發生的事。
3. 空間大小：從上到下，從大到小，由遠及近，從大範圍到小範圍。

相反地，英語語序沒有這般固定，較為靈活多變。

此外，英語名詞修飾語既有前置修飾語又有後置修飾語，而漢語名詞修飾語的位置一般只放在名詞之前；英語副詞的位置也較漢語有彈性。

➤ 試比較下面中英文語序的差異順序：

● I was surprised when I heard you'd completed your degree a whole year early.

聽到你整整提早了一年就拿到學位，我感到相當驚訝。

● There are some big round old French dining tables in the hall.

大廳裏擺著幾張大型的老式法國圓形餐桌。

翻譯時要按照目的語（target language）的表達習慣重新調整句子的語序。

英語的長句比較常見，而漢語的句子一般都比較短。翻譯時為了使譯文符合漢語的表達習慣，不妨先將英文句子切分成幾個短語或短句，再以正確的漢語語序重新排序。

● It was a keen disappointment when I had to postpone the visit which I intended to pay to Bangkok in January.

★ 切分成短語：

此事令我非常失望 / 我必須延後訪問 / 我原本打算一月去曼谷

★ 重新排序：

我原本打算一月去曼谷，後來不得不延後，令我非常失望。

練習一 中譯英

1. 我們要如何分辨**東西南北**四個方向？[1]

_____ .

2. 他是**當時唯一清醒的**人。[2]

_____ .

3. **在場的人**不見得是**涉案人**。[3]

_____ .

---

[1] How can we tell which side is **north, east, south, or west**?
[2] He was **the only people awake at the moment**.
[3] The **people present** may not be the **people involved**.

4. 兒童喜歡在公園的鞦韆上**盪來盪去**。[4]

_____ .

5. 他閱讀了**古今中外各式各樣的**書。[5]

_____ .

練習二 英譯中

6. I spend **about one hour a day** cleaning the house and doing laundry **about 2 hours a week**. [6]

_____ .

7. **At least twice a year**, the chief inspected each man for his performance. [7]

_____ .

8. The old man was **the only outsider on the scene**. [8]

_____ .

9. New employees have been trained at our headquarters **over the past three months**. [9]

_____ .

10. **When fewer people driv**e, the traffic in Taipei will become better. [10]

_____ .

進階練習：請將下面的英文譯成中文。

1. You are self-destructive when you envy a student who gets better grades.

2. I hope more people from business and industry can take part in future events like this.

3. We have not had so cold a day as this for many weeks.

---

[4] Children like to **go back and forth** on the swings in the park.
[5] He read **all kinds of books, ancient and modern, Chinese and foreign**.
[6] 我**每天大約花一個小時**打掃屋子，**每週大約花兩個小時**洗衣服。
[7] 主管考核每個人的表現**一年至少二次**。
[8] 這位老先生是**當時唯一在場**的外人。
[9] **這三個月來**，新進員工在我們的總公司受訓。
[10] **台北開車的人愈少**，交通就會愈順暢。

4. There are many wonderful stories to tell about the places I visited and the people I met.

5. Learning from the advanced foreign experience might be the only way possible, said the departments concerned yesterday.

6. It becomes more and more important that, if students are not to waste their opportunities, there will have to be much more detailed information about courses and more advice.

練習講解

練習一 中譯英

1. 我們要如何分辨**東西南北**四個方向？

   譯文：How can we tell which side is **north, east, south, or west**?

   詳解：

   　　①表達四個方位時，中文的習慣是東西南北，英文則是 north, east, south, and west。

   　　②本句為問句，所以原來 north, east, south, and west 中的 and 必須改成 or。

2. 他是**當時唯一清醒的**人。

   譯文：He was **the only people awake at the moment**.

   詳解：中文「當時唯一清醒的人」譯成英文時，「當時」為 at the moment，「唯一」是 the only，「清醒的」則是 awake。依英文語序重組後就寫成了 the only people（who was）awake at the moment。

3. **在場的人**不見得是**涉案人**。

   譯文：The **people present** may not be the **people involved**.

詳解：「在場的人」是 people（who is）present，present 不能放在 people 之前。「涉案人」是 people（who is）involved，分詞當形容詞的 involved 同樣要放在 people 之後。

4. 兒童喜歡在公園的鞦韆上**盪來盪去**。

   譯文： Children like to **go back and forth** on the swings in the park.

   詳解： 中文的語序是「前後」或「來去」，英文則是 back and forth。「盪來盪去」英文是 go（move）back and forth。

5. 他閱讀了**古今中外各式各樣的**書。

   譯文： He read **all kinds of books, ancient and modern, Chinese and foreign**.

   詳解：

   ①古、今、中、外、各式各樣，譯成英文這些形容詞後則有 ancient, modern, Chinese, foreign, all kinds of，再依英文語序重組後，all kinds of 前置，其他形容詞則分成二個對稱組，放於 book 之後：all kinds of books, ancient and modern, Chinese and foreign。

   ②該句在重組過程中無法將 all kinds of, ancient, modern, Chinese, foreign 全部並列，而必須利用修辭手段先將 ancient 和 modern, Chinese 和 foreign 分別組成形容詞短語。

練習二 英譯中

6. I spend **about one hour a day** cleaning the house and doing laundry **about two hours a week**.

   譯文： 我**每天大約花一個小時**打掃屋子，**每週大約花兩個小時**洗衣服。

   詳解： 英文 spend about one hour a day 譯成中文後，必須依中文習慣調整語序：每天－大約－花－一個小時。

7. **At least twice a year**, the chief inspected each man for his performance.

    譯文：主管考核每個人的表現<u>一年至少二次</u>。

    詳解： At least twice a year 是英文語序，譯成中文則是一年 – 至少 – 二次。

8. The old man was **the only outsider that on the scene**.

    譯文：這位老先生是<u>當時唯一在場的外人</u>。

    詳解：英文句中 outsider 的修辭語有前置的 the only（唯一），也有後置的 on the scene。但翻成中文時，兩個修飾語都必須前置：「當時唯一在場的」外人。

9. New employees have been trained at our headquarters **over the past three months**.

    譯文：<u>這三個月來</u>，新進員工在我們的總公司受訓。

    詳解：

    ①表時間及地點的英文短語通常放在句尾，中文的時間及地點則置於句首。

    ②原英文句子為被動語態，譯成中文，不用「被」字。

10. **When fewer people drive**, the traffic in Taipei will become better.

    譯文：<u>台北開車的人愈少</u>，交通就會愈順暢。

    詳解：該英文句子如果依英文語序「順譯」則會產生<u>以下欠流暢</u>的中文：愈少人開車，台北的交通愈好。正確的中文語序是：開車的人愈少，台北的交通愈順暢。「台北」可以放到句子最前面。

Notes

Notes

Unit 13

英漢詞彙的比較
Diction

英漢兩種語言分別屬不同語系，英語是拼音文字，漢語是表意文字，兩者在詞彙上有很大的差異。在語義上，英漢詞彙並非是一一對應的關係。很多時候字典（英漢字典或漢英字典）不見得能直接提供準確的詞彙。

此外，英漢兩種語言都有一詞多類、一詞多義的現象，但英語尤甚。一詞多類是指一個詞往往分屬於不同的詞類，具有不同的語意；一詞多義是指同一個詞類中，又往往有幾個不同的詞義。翻譯時必須依據語境選擇詞義，並且對詞義進行適度引申和變通，才有可能獲得貼切的譯文。

➤ 準確理解詞義
● 根據上下文辨詞義
   a news **stand** vs. to **stand** still
   書報攤（noun）vs. 站著不動（verb）

● 論褒貶。要注意同義詞之間有不同的語體色彩（正式或非正式、公文用語或方言俚語），詞義有範圍大小及不同的語氣態度（憎惡或讚許）。

the **future** of the killer vs. the **future** of the young man

兇手的**下場** vs. 年輕人的**前途**

➤ 詞義選擇

● 根據詞類來選定詞義：

Children like **the ape** and try **to ape** his act.

小朋友喜歡這隻**大猩猩**，想要模仿牠的**動作**。

● 根據上下文連繫以及詞彙在句中的搭配關係：

(1) *Alice in Wonderland* is **an interesting story**.

《愛麗絲夢遊仙境》是個有趣的**故事**。

(2) **The old woman's story** is one of the saddest.

這位老婆婆的**遭遇**算是最慘的了。

(3) A young man came to the police office with a **story**.

年輕人來到警局**報案**。

(4) It's **a long story**. 說來話長，一言難盡。

(5) It's **another story**. 另一回事，情況不同。

● 根據不同學科或專業類型辨別詞義

(1) Our company's **base** is in Taipei, but we have branches all over the island. 公司的**總部**

(2) **Base** reacts with acid to form salt and water in neutralization. 化學中的**鹼**

(3) There is a baseball saying that a player should not be thrown out at third **base** if there are no outs or two outs. 棒球比賽中的**壘**

➢ 詞義引申

● 詞義轉譯。翻譯時不能一味拘泥於某些詞彙在原文中的詞性，必要時應該採取詞類轉換的方法，將原詞類進行適當的轉換。

Soon they will be able to tie their shoelaces **independent** of your help.

他們很快就會自己繫鞋帶，**不用依賴**你的幫助。（英語形容詞 independent，轉譯成漢語的動詞。）

● 詞義具體化。代表抽象概念的詞翻譯時可以將詞義進行具體化引申。

This easy-to-make **preparation** is ready in 10 minutes.

準備工作相當簡易，在十分鐘後即可就緒。（將抽象名詞「準備」引申為具體的準備工作。）

● 詞義抽象化。表示具體事物的詞在翻譯時可以進行抽象化引申。

Every life has its **roses** and **thorns**.

人生有苦有甜。（將具體的玫瑰和荊棘引申為抽象的甜與苦。）

練習一 中譯英

1. 台北市的**交通**便捷。[1]

_____.

2. 這個地區的**道路交通**繁忙有序。[2]

_____.

3. 她的**遭遇**非三言兩語可道盡。[3]

_____.

---

[1] **Transportation** in Taipei is fast and convenient.
[2] Road **traffic** in the area is heavy but well-regulated.
[3] Her **story** cannot be told in one or two words.

4. 電子係從**正極**流向**負極**。[4]

_____.

5. 一旦用**正向思維**取代**負面思考**，就會開始產生積極正面的效果。[5]

_____.

練習二 英譯中

6. What is morality? Money has become **king**. [6]

_____.

7. It's hard to keep **a straight face** when someone tells a funny joke. [7]

_____.

8. Age is a **matter** of **mind**. If you don't **mind**, it doesn't **matter**. —Mark Twain [8]

_____.

9. The room was **vacant**, but not **empty**. It was full of furnishings. [9]

_____.

10. Ignorance is the **mother** of fear as well as of admiration. [10]

_____.

進階練習：請將下面的英文譯成中文。

1. **Slow** and steady wins the race.

2. Be **slow** to promise but quick to practice.

3. The battlefield became something **holy**. It was not **touched**.

---

[4] Electrons flow from the **negative pole** to the **positive pole**.
[5] Once you replace **negative thoughts** with **positive ones**, you'll start having positive results. — Willie Nelson
[6] 道德算什麼？金錢才是萬能。
[7] 有人說了有趣的笑話，很難板著臉不笑。
[8] 年齡只是心態問題。不在意的話，根本就不是問題。
[9] 這房間只是沒有人住，並非空無一物。房內擺滿了各式家具家飾。
[10] 無知是恐懼的根源，也是驚奇的根源。

4. The soldier **faces** the **powder** and the beauty **powders** the **face**.

5. "Is it difficult to arrange the seat?" "Not really. I have found by experience that the people who **matter** doesn't **mind** and the people who **mind** don't **matter**."—Mark Twain

6. "Boys, be **ambitious**. Be **ambitious** not for money or for selfish aggrandizement not for that evanescent thing which men call fame. Be **ambitious** for the attainment of all that a man ought to be. "—William Smith Clark

練習講解

練習一 中譯英

1. 台北市的**交通**便捷。

   譯文：Transportation in Taipei is fast and convenient.

   詳解： 中文的「交通」一詞可用在「交通便捷」及「交通擁塞」兩種情況。但英文的「交通」有 traffic 和 transportation 兩字。所以「交通便捷」是 fast and convenient transportation；而「交通擁塞」是 heavy traffic。

2. 這個地區的**道路**交通繁忙有序。

   譯文： Road **traffic** in the area is heavy but well-regulated.

   詳解：「繁忙的」交通是指交通流量（flow）大，所以該句英文是用 heavy（road）traffic。

3. 她的**遭遇**非三言兩語可道盡。

   譯文： Her **story** cannot be told in one or two words.

   詳解：

   ①「遭遇」一詞勿「直譯」成 encounter（a brief meeting）。從句子的上下文來看，可使用動詞短語 tell a story 來譯。

②英文句子的主詞是 her story，句子為被動語態，譯成中文時，不用「被」字。

③三言兩語用介詞短語 in one or two words 即可。

4. 電子係從**正極**流向**負極**。

    譯文：Electrons flow from the **negative pole** to the **positive pole**.

    詳解：「正極」（positive pole）及「負極」（negative pole）都是物理學中的專有名詞，譯者要小心查證，以免錯譯。

5. 一旦用**正向思維**取代**負面思考**，就會開始產生積極正面的效果。

    譯文：Once you replace negative thoughts with positive ones, you'll start having positive results. ─Willie Nelson

    詳解：「正向思維」的「正向」以及「積極正面的效果」的「積極」或「正面」都等同於英文字 positive。

練習二 英譯中

6. What is morality? Money has become king.

    譯文：道德算什麼？金錢才是**萬能**。

    詳解：將具體的英文字 king「國王」的詞義「抽象化」譯成「至高無上的權力」或「無所不能」。Money has become king 相當於中文的「金錢萬能」。

7. It's hard to keep **a straight face** when someone tells a funny joke.

    譯文：有人說了有趣的笑話，很難**板著臉不笑**。

    詳解：先從 keep a straight face 的前後文中找出 straight 的詞義。所謂 straight face 就是「面無表情」的意思。

8. Age is a **matter of mind**. If you don't **mind**, it doesn't **matter**. －Mark Twain

譯文：年齡只是**心態問題**。**不在意**的話，根本就不是**問題**。

詳解：該句英文中的 mind 和 matter 既是一詞多類，也是一詞多義。第一句 matter of mind 是心態問題，第二個句子中的 mind 和 matter 都是動詞。

9. The room was **vacant**, but not **empty**. It was full of furnishings.

譯文：這房間只是**沒有人住**，並非**空無一物**。房內擺滿了各式家具家飾。

詳解：中文的「空」房間有可能是指「沒人住」的空房間，也可能是指「空無一物」的房間。在英文中，vacant 是指第一意的「空」房間，empty 是指第二意的「空」房間。

10. Ignorance is the **mother** of fear as well as of admiration.

譯文：無知是恐懼的**根源**，也是驚奇的**根源**。

詳解：

①具體的英文字 mother 從前後文中引申為「根源」或「起源」。

②翻譯時必須將原英文句子省略的 the mother 還原譯出（as well as **the mother** of admiration），所以中文譯文可以前後重複並對仗：「恐懼的根源」，「驚奇的根源」。

Notes

Notes

Unit 13　英漢詞彙的比較

Notes

實踐大學　PD0018

初學翻譯入門書：
英漢翻譯習作

作　　者 / 胡淑娟
統籌策劃 / 葉立誠
文字編輯 / 王雯珊
封面設計 / 陳佩蓉
執行編輯 / 蔡曉雯
圖文排版 / 詹凱倫

發 行 人 / 宋政坤
法律顧問 / 毛國樑　律師
出版發行 / 秀威資訊科技股份有限公司
　　　　　114台北市內湖區瑞光路76巷65號1樓
　　　　　電話：+886-2-2796-3638　傳真：+886-2-2796-1377
　　　　　http://www.showwe.com.tw
劃撥帳號 / 19563868　戶名：秀威資訊科技股份有限公司
　　　　　讀者服務信箱：service@showwe.com.tw
展售門市 / 國家書店（松江門市）
　　　　　104台北市中山區松江路209號1樓
　　　　　電話：+886-2-2518-0207　傳真：+886-2-2518-0778
網路訂購 / 秀威網路書店：http://www.bodbooks.com.tw
　　　　　國家網路書店：http://www.govbooks.com.tw

2014年3月　BOD一版
定價：240元
版權所有　翻印必究
本書如有缺頁、破損或裝訂錯誤，請寄回更換

國家圖書館出版品預行編目

初學翻譯入門書：英漢翻譯習作 / 胡淑娟著.
-- 一版. -- 臺北市：秀威資訊科技, 2014. 03
　　面；　公分. -- (實踐大學；PD0018)
BOD版
ISBN　978-986-326-223-7 (平裝)

1. 翻譯

811.7　　　　　　　　　　　　103000358

讀者回函卡

感謝您購買本書,為提升服務品質,請填妥以下資料,將讀者回函卡直接寄回或傳真本公司,收到您的寶貴意見後,我們會收藏記錄及檢討,謝謝!
如您需要了解本公司最新出版書目、購書優惠或企劃活動,歡迎您上網查詢或下載相關資料:http:// www.showwe.com.tw

您購買的書名:＿＿＿＿＿＿＿＿＿＿＿＿＿＿＿＿＿＿＿＿＿＿＿

出生日期:＿＿＿＿＿年＿＿＿＿＿月＿＿＿＿＿日

學歷:□高中 (含) 以下　　□大專　　□研究所 (含) 以上

職業:□製造業　□金融業　□資訊業　□軍警　□傳播業　□自由業
　　　□服務業　□公務員　□教職　　□學生　□家管　　□其它＿＿＿＿

購書地點:□網路書店　□實體書店　□書展　□郵購　□贈閱　□其他

您從何得知本書的消息?

　　□網路書店　□實體書店　□網路搜尋　□電子報　□書訊　□雜誌

　　□傳播媒體　□親友推薦　□網站推薦　□部落格　□其他＿＿＿＿＿＿

您對本書的評價:(請填代號　1.非常滿意　2.滿意　3.尚可　4.再改進)

　　封面設計＿＿＿　版面編排＿＿＿　內容＿＿＿　文／譯筆＿＿＿　價格＿＿＿

讀完書後您覺得:

　　□很有收穫　□有收穫　□收穫不多　□沒收穫

對我們的建議:＿＿＿＿＿＿＿＿＿＿＿＿＿＿＿＿＿＿＿＿＿＿＿

＿＿＿＿＿＿＿＿＿＿＿＿＿＿＿＿＿＿＿＿＿＿＿＿＿＿＿＿＿＿＿

＿＿＿＿＿＿＿＿＿＿＿＿＿＿＿＿＿＿＿＿＿＿＿＿＿＿＿＿＿＿＿

＿＿＿＿＿＿＿＿＿＿＿＿＿＿＿＿＿＿＿＿＿＿＿＿＿＿＿＿＿＿＿

11466
台北市內湖區瑞光路 76 巷 65 號 1 樓

秀威資訊科技股份有限公司 　收

BOD 數位出版事業部

....

（請沿線對折寄回，謝謝！）

姓　　名：_____ 年齡：_____ 性別：□女　□男

郵遞區號：□□□□□

地　　址：_____

聯絡電話：(日) _____ (夜) _____

E-mail：_____